I0551359

PROSPECTUS

DU CANAL PROJETÉ DE DIEPPE

A LA SEINE PRÈS PARIS

PROSPECTUS

DU CANAL PROJETÉ DE DIEPPE

A LA RIVIÈRE D'OISE.

A PARIS,

IMPRIMERIE ANTHELME BOUCHER,
RUE DES BONS-ENFANTS, N°. 34.

M. DCCC. XXII.

PROSPECTUS

DU CANAL PROJETÉ DE DIEPPE

A LA RIVIÈRE D'OISE.

EXPOSITION ET BUT DU PROJET.

ON attribue au maréchal de Vauban, l'idée ingénieuse et bienfaisante de rendre la capitale de la France un port maritime, en ouvrant une route de navigation directe, facile et prompte, de Paris à la mer.

Le canal de grande navigation de Dieppe à la rivière de l'Oise, en associant la capitale aux intérêts commerciaux des places maritimes, procurera au commerce et à l'agriculture tous les moyens pour faciliter l'importation et l'exportation des denrées et des

I

marchandises, du Midi au Nord, sans être exposées aux dangers éprouvés en remontant la Seine vers son embouchure. On y trouvera en outre l'avantage d'une communication sûre dans l'intérieur en temps de guerre et une réduction au moins d'un quart du trajet de navigation de Paris à la mer.

Ce canal qui semble offert à l'industrie humaine par la nature, facilitera le transport des denrées coloniales jusqu'en Suisse et en Souabe, par la Seine, l'Yonne et le canal de Bourgogne. Il deviendra une source réelle de prospérité dans les départemens qu'il traversera, et il leur donnera une activité commerciale inconnue jusqu'à ce jour, en facilitant la circulation de leurs produits agricoles et industriels. Le port de Dieppe d'un si grand intérêt pour la France, sera vivifié par lui, et il lui offrira les moyens d'étendre ses spéculations commerciales.

Le poisson, qui de ce port se transporte à grands frais sur des voitures où il se corrompt souvent, arrivera plus frais, en bon état à Paris, plus promptement et avec une plus grande économie.

On ne peut dans un prospectus donner qu'une idée imparfaite des avantages incalculables que cette belle et honorable entreprise procurera au commerce, à l'agriculture, aux consommateurs, et à toutes les personnes qui concourront à son exécution. Mais on peut affirmer que ses résultats seront susceptibles de s'accroître dans une progression difficile à déterminer.

CHAPITRE PREMIER.

Etude du Projet.

M. Viallet, ingénieur des ponts-et-chaussées, chargé par M. le Directeur-général, d'examiner un travail sur le canal de Dieppe, fait avant la révolution par le respectable M. Le Moine, maire de cette ville, s'est acquitté de cette commission avec son talent ordinaire. Après avoir recueilli tous les renseignemens les plus exacts et les plus positifs pour déterminer la direction du canal, le volume d'eau nécessaire pour l'alimenter, le temps qu'exigerait l'exécution du projet, les dépenses indispensables et les moyens de combiner le remboursement avec la perception des droits, cet ingénieur éclairé a fait un mémoire qui a été soumis à l'examen du conseil de l'administration. M. Brisson, d'après l'avis du conseil, a vérifié avec beaucoup d'attention et de soins le tracé des directions et il a proposé de suivre le plan de M. Le Moine, en dirigeant le canal par Gournay à Beauvais, dans le vallon d'Avelon.

Etablissement de la ligne navigable.

M. le Directeur-général a confié à une commission l'examen de l'ensemble du projet, en la chargeant, après en avoir discuté toutes les dispositions, de présenter au conseil les idées qui devaient le mettre en état d'arrêter un avis définitif.

La commission ne jugeant pas à propos d'ajouter de nouveaux développemens aux projets et aux rapports soumis au conseil, a fixé son attention:

1°. Sur le degré d'utilité et d'importance qui devait être attribué à l'établissement de la navigation du port de Dieppe à la rivière de l'Oise.

2°. Sur les différens plans proposés et sur le choix de la direction qui présentait de plus grands avantages.

3°. Sur la fixation du niveau du bassin de partage et sur la situation et l'étendue la plus convenable pour en assurer le succès.

Utilité et importance de la ligne. (Largeur du canal.)

Si l'établissement d'un canal de navigation de Dieppe à l'Oise, n'avait d'autre but que l'intérêt des départemens qu'il doit traverser; si son utilité se bornait à la circulation de leurs produits d'agriculture et d'industrie, il est hors de doute qu'il pourrait être regardé comme un canal de petite navigation, ainsi que M. Brisson l'avait proposé. Mais la commission a cru devoir considérer que son utilité ne serait pas bornée aux départemens situés entre Paris et Dieppe et qu'il était destiné à accélérer l'importation des approvisionnemens de la capitale, à diminuer les frais de transports d'une grande quantité des denrées nécessaires à sa consommation, à éviter les retards et les interruptions si fréquentes sur la Seine, dans l'état présent de sa navigation; elle a considéré en outre que la communication du canal projeté avec les départemens du Nord, par celui de Saint-Quentin, faciliterait l'extraction de leurs produits et notamment de la houille, dont la consommation est indispensable à l'entretien des usines et des manufactures de l'Oise, de la Seine inférieure et des départemens environnans.

Elle a donc pensé unanimement que le canal de navigation de Dieppe à l'Oise étant essentiellement utile et d'une haute importance, il convenait de l'ouvrir en grande section, etc.; que les écluses devaient être établies sur les mêmes dimensions que celles du canal Saint Quentin.

Tracé du canal.

La commission a soumis à un examen approfondi les différens plans du canal, et son attention s'est fixée sur le tracé proposé par M. Lemoine, et préféré par M. Brisson, dans son rapport.

Ce tracé conduit le canal de la vallée de la Béthune à celle de Landelle, de celle de Landelle à celle d'Epte, par les points les moins élevés du faîte des montagnes qui séparent les trois bassins. Il se dirige ensuite par Gournay et Avelon, pour se réunir au Therain sous les murs de Beauvais.

La commission n'a pas balancé à donner la préférence à cette direction qu'elle a adoptée.

Etablissement du bief de partage.

Pour faire le niveau du bassin de partage, M. Viallet propose à la cote 150 m. de ses nivellemens. La commission a décidé que la baisse serait de 2 m. 60 c. de plus, c'est-à-dire de l'établir à la cote 152 m. 60 c. du nivellement de M. Viallet, ou à 4 m. 08 c. au-dessous de la face supérieure des poutres du Pont-aux-Moines sur la rive d'Andelle.

CHAPITRE II.

Finances.

On comprend sous cette dénomination tout ce qui est relatif aux dépenses de l'entreprise, aux voies et moyens et aux produits. Nous traiterons ces trois objets d'une manière succincte.

ARTICLE PREMIER.

Dépenses.

Les dépenses se composent, 1°. des frais d'exécution, où l'on comprend le montant du prix des ouvrages, celui des acquisitions et des indemnités de terrains pour l'emplacement du canal, des propriétés bâties et des usines supprimées ;

2°. Des frais de régie, de perception et d'administration, pendant les premières années, qui ne pourront pas donner un revenu suffisant ;

2

3 . Des intérêts des sommes avancées par les associés.

Les frais d'exécution ayant été calculés minutieusement par l'administration des ponts-et-chaussées, nous nous bornons à une simple analyse.

Les évaluations présentées par M. Viallet sont telles, qu'il y a certitude de ne jamais voir les dépenses excéder les limites qu'il lui assigne. Il a pris la précaution d'élever d'abord d'un dixième le prix de chacun des ouvrages qui entrent dans la construction de ce canal, et de porter un second dixième de la somme totale des divers résultats, sous le titre de dépenses imprévues. M. Brisson qui a revisé cet important travail, en s'étayant de tout ce que l'expérience a fait connaître de plus certain sur ces sortes de constructions, a pensé pouvoir opérer une réduction sur le total de cette dépense. Néanmoins nous prendrons pour base les évaluations de détail données par M. Viallet, et si nous adoptons les calculs de réduction de M. Brisson, ce sera pour y ajouter ensuite, par surcroît, ce que l'on croira que la prudence exige pour subvenir aux cas imprévus.

M. Viallet estime à vingt millions huit cent trente-six mille francs la dépense générale, ci. . . . . 20,836,000 fr.

Mais il propose sur cette somme deux diminutions; la première, sur l'abaissement du bief de partage, portée à . . . . 700,000 f.

La seconde, d'un dixième sur la majeure partie des ouvrages, et d'un sixième sur les autres; ce dixième et ce sixième évalués à . . 2,219,000 f.

Ces deux diminutions réduisent les dépenses à. . . . . 17,917,000 fr.

A ajouter, pour acquisitions de terrains et indemnités, etc. . . . . 2,083,000 fr.

Total des Dépenses. . . . . . . 20,000,000 fr.

La prévoyance de quelques dépenses extraordinaires, fait admettre trois suppositions différentes.

1°. Un dixième en sus du minimum. 2,000,000 fr.

Total de ce Minimum. . . . . . 22,000,000 fr.

2°. Un dixième de plus pour le terme moyen. . . . . 2,000,000 fr.

Total du Terme moyen. . . . . 24,000,000 fr.

3°. Et enfin un autre dixième pour le maximum qui n'est pas à redouter. . . . 2,000,000 fr.

Total du Maximum. . . . . . . 26,000,000 fr.

Tous les calculs de probabilité se réunissent pour faire présumer que les dépenses ne s'élèveront pas à la somme de vingt-quatre millions, prise pour le terme moyen, et que même il sera possible de faire de grandes économies; cependant on a cru devoir s'arrêter à cette supposition.

Il est important de faire observer que dans la direction de ce canal se trouvent deux descentes, une vers Dieppe, à partir de l'abbaye de Baubre, sur une étendue de 46,000 m., qui sera alimentée par les eaux de la Béthune et de différens ruisseaux, dont l'ensemble produit 13,000 m. cubes dans vingt-quatre heures; l'autre vers l'Oise, à partir de Gournay, sur une étendue d'environ 8,000 m., alimentée par les eaux de l'Epte, produisant à Gournay 11,000 m. cubes.

En affectant à ces deux descentes ou issues, treize millions destinés à ces travaux, elles pourront être ouvertes, à-la-fois, à la navigation dans l'espace de deux ans, et on doit espérer que leurs produits suffiront pour couvrir une partie des intérêts des sommes empruntées. Il ne s'en faudra que de 15 à

18,000 m. que la ligne ne soit navigable d'une extrémité à l'autre, et la grande route de Dieppe à Paris longe cette distance.

Les deux autres classes de dépenses, savoir les frais de régie et d'administration, dépendant de la promptitude de l'exécution et des moyens employés, pour compléter l'opération, cette partie ne peut ressortir que de l'ensemble des dispositions prises à cet effet ; elles seront présentées dans le tableau général qui fait partie de l'article 2 qui suit :

ARTICLE 2.

Voies et Moyens.

Aux termes des statuts, la totalité du fonds social est de trente-six millions ; trente-trois sont le produit des actions, et trois concernent les associés fondateurs, tant en raison des versemens qu'ils sont tenus de faire dans la caisse de la compagnie, que du montant de leurs droits acquis.

D'après les aperçus approximatifs, à la

fin de la quatrième année, à dater du jour où les travaux seront commencés, on retirera quelques bénéfices du canal; mais leur faiblesse, et la conviction qu'on ne pourra atteindre au moyen terme qu'après huit ans révolus, obligent à comprendre ces huit années dans l'ensemble de l'opération financière du premier établissement.

CHAPITRE III.

Sécurité, garantie et avantages des Actionnaires.

Les capitaux versés par les commanditaires pour l'entreprise du canal, sont garantis par le sol sur lequel il est établi, par les constructions et les ouvrages nécessités par cette entreprise, et par la portion du fonds social appartenant aux associés en nom collectif.

Les produits portés au *minimum* offrent aux actionnaires un dividende de plus de dix pour cent de leurs actions. Ces bénéfices ne peuvent jamais diminuer, et ils sont susceptibles de s'accroître dans une très grande progression, attendu que, d'une part, les frais d'administration sont invariablement réglés, et que, de l'autre, après avoir évalué au plus bas le produit de la navigation, on a négligé d'y comprendre une foule d'objets qui les augmenteront considérablement, tels que les prairies, les plantations, les francs-bords et contre-fossés du canal, les prises d'eau cédées à des particuliers par la compagnie, les maisons, magasins, auberges, moulins, usines, et généralement tous les établissemens formés sur le cours du canal.

L'établissement du canal de Dieppe, ouvrant une communication directe, sûre et courte de Paris à la mer, favorisera un grand nombre d'entreprises et de spéculations dont les développemens éventuels ne sont point entrés dans le calcul de ses produits.

Quelque incomplets que soient ces aperçus, ils suffisent néanmoins pour inspirer une entière conviction des ressources offertes par l'entreprise du canal de Dieppe à la rivière de l'Oise.

Les moyens d'exécution depuis long-temps médités, ont été reconnus et sanctionnés par les hommes les plus distingués et sous les yeux du gouvernement. La nature, l'étendue et le prix de chaque espèce de travail sont fixés; et dans cette position l'administration, obligée de suivre les devis arrêtés, se trouve placée entre la certitude de ne pouvoir dépasser la ligne tracée et l'espérance de trouver dans l'exécution, des économies qui amélioreront encore les bénéfices de l'entreprise. A ces avantages si l'on ajoute la fortune, le rang, la considération et l'estime dont jouissent les personnes chargées de son exécution, les sûretés et les garanties présentées dans l'ensemble de l'organisation, alors, il est du moins permis de s'en flatter, s'établira la confiance qu'exige une opération aussi importante.

3

STATUTS

Qui seront rédigés en acte authentique, lorsque la concession demandée aura reçu la sanction législative.

1°. La Société sera en nom collectif à l'égard des concessionnaires fondateurs, gérans et solidaires; elle sera en commandite et par actions au porteur, à l'égard des actionnaires simples bailleurs de fonds, qui adhéreront aux présens statuts.

2. La Société sera définitivement constituée aussitôt que la loi aura sanctionné la concession; et le lien social entre les concessionnaires deviendra irrévocable du jour de ladite concession: mais les trois quarts des capitaux reconnus nécessaires à l'exécution des travaux de l'entreprise devront être préalablement assurés par l'adhésion

des capitalistes qui voudront y avoir part, au prorata du nombre d'actions pour lesquelles ils auront souscrit.

L'accomplissement de cette condition sera constaté par procès - verbal du conseil - général d'administration, et M. le président en donnera connaissance, par la voie des journaux, à tous les intéressés.

3. Ladite Société sera connue sous la raison de TARDIF et COMPᵉ.; sa durée sera la même que celle de la concession. Son domicile est à Paris.

4. Le fonds social est de trente-six millions, total auquel on porte l'évaluation *au maximum* des dépenses de l'entière confection du canal de Dieppe à la rivière d'Oise, y compris le payement de toutes les charges auxquelles est obligée ladite compagnie, et le solde des intérêts des actions et des autres sommes versées à la caisse sociale.

5. Ledit fonds social est formé de deux parties distinctes; savoir, du capital des associés commanditaires, et de celui des associés en nom collectif.

6. Le premier se compose du produit de six mille six cents actions de cinq mille francs chacune, divisibles par coupons de mille francs; ce qui fait trente-trois millions.

Le second capital est celui des associés, en nom collectif et fondateurs, qui consiste dans une somme de trois millions, dont un million neuf cent quatre-vingt mille francs, forment le montant de la valeur de leur concession, des sommes qu'ils ont dépensées pour tous les travaux préparatoires, plans et devis, frais de cautionnement, de voyage et autres; et enfin pour la valeur de leur industrie, et un million vingt mille francs que lesdits associés fondateurs sont tenus de verser solidairement dans la caisse sociale.

Ce capital, comme le premier, se divise en six cents actions de cinq mille francs chacune, qui donnent droit au même dividende que les autres, mais qui sont nominatives et inaliénables, attendu qu'elles doivent être la garantie de l'administration des associés en nom collectif.

7. Afin de laisser intact le montant de chaque action, la somme d'un million neuf cent quatre-vingt mille francs, sus-mentionnée, sera rapportée à la caisse de la société, au moyen d'une retenue sur les premiers produits du canal, et ce, à raison de trente pour cent, jusques et compris la septième année, et du restant sur la huitième.

Le versement d'un million vingt mille francs, que les concessionnaires sont tenus de faire solidairement dans la caisse sociale, aura lieu, savoir : soixante mille francs au commencement de chacune des deux premières années qui suivront la concession, et ensuite cent cinquante mille francs par an dans les années suivantes, jusqu'à la huitième.

8. Le fonds social sera employé aux dépenses et charges nécessaires pour la confection des travaux, et l'administration du canal suivant ce qui a été établi dans le chapitre des finances du Prospectus qui précède.

9. La confection et l'administration du canal sont confiés aux concessionnaires, fondateurs gérans et solidaires qui prennent le titre d'administrateurs.

10. Leur gestion est garantie par les six cents actions, montant de leur mise de fonds, dont ils sont propriétaires, et qui sont inaliénables.

Ils forment ensemble le conseil d'administration.

Ce conseil règle la marche à suivre dans toutes les parties, prend des décisions pour tous les objets relatifs à l'entreprise, et assigne à chacun des administrateurs la partie du service qui forme ses attributions particulières.

Il nomme à toutes les places et emplois, sur le rapport que lui fait le Directeur-général de toutes les demandes qui ont été faites.

Les associés gérans s'obligent de donner leur temps et leurs soins aux affaires de la société, ils s'interdisent de s'intéresser directement ni indirectement dans aucune entreprise ayant rapport avec celle qui fait l'objet des présens statuts à peine de tous dépens, dommages-intérêts.

11. Les concessionnaires administrateurs sont :

MM. Claude baron DE TARDIF, maréchal-de-camp, chevalier de divers ordres;

François-Clément comte D'ASSAS-MONTDARDIER, capitaine de vaisseau, chevalier de Saint-Louis;

Jules-Emmanuel baron DE GALVIÈRE, membre de la chambre des députés, chevalier de Saint-Louis;

Louis-Philippe LIRON-DAIROLES, chevalier de Saint-Louis, ancien receveur, payeur du trésor général de la couronne;

Benjamin-René-Joseph-Marie Dubouays, DE COUESBOUC, colonel de cavalerie, chevalier de Saint-Louis;

Jean-Jacques-Marie DE FORCADE, ancien magistrat;

Et Hector-Charles-Claude DE MACHY, agent de change près la bourse de Paris.

12. Le conseil-général d'administration est présidé par un de ses membres. M. le baron de Tardif est nommé président inamovible; mais la durée des fonctions de ceux nommés pour lui succéder sera de dix ans, après lequel terme ils pourront être réélus par le conseil-général.

13. L'exécution des actes et décisions du conseil-général d'administration, et tous les détails du service dans toutes les parties sont confiées à un directeur-général nommé pour dix ans par le conseil qui, après ce terme, pourra le réélire. M. de Forcade est nommé directeur-général.

14. Tous les employés de l'entreprise sont sous les ordres du Directeur-général. Le Directeur-général est logé à l'hôtel de l'Administration; il la représente dans toutes les réclamations, contestations et différens qu'elle pourrait avoir; il propose au conseil les décisions à prendre et toutes les mesures que le bien du service peut exiger; il fait les réglemens à suivre dans les bureaux et dans toute la partie active; il est chargé de présenter au conseil les rapports dans toutes les affaires, et ses attributions s'étendent sur toutes les parties de l'entreprise.

15. Le Directeur-général est responsable du mandat qu'il reçoit, il doit compte de toutes ses opérations, il fournit à l'Administration en

général, et à chaque Administrateur en particulier, tous les renseignemens et documens dont ils peuvent avoir besoin pour le service.

Il demeure chargé de l'exécution des présens statuts et de tous les actes du conseil-général : toutes les actions à exercer au nom de la société seront formées à la requête du Directeur-général, au nom duquel il sera défendu à toutes celles qui pourraient être dirigées contre la société.

Le conseil-général peut pour cause de négligence qui aurait compromis les intérêts de la compagnie, obliger le Directeur-général à se démettre de sa place, et le rendre même passible des torts qu'il aurait pu faire à la compagnie; mais dans ce cas il serait chargé de la partie du service de l'administrateur qu'il remplacerait et par lequel il serait remplacé.

16. Les délibérations seront prises à la majorité. Lors des premières réunions, le conseil-général fixera par une délibération spéciale les attributions de chaque administrateur.

17. Chacun des administrateurs gérans aura la signature sociale; mais il ne l'aura seul que pour les objets de simple administration, et uniquement dans la partie dont il pourra être personnellement chargé.

La même délibération déterminera les objets

4

réputés de simple administration; dans tous les autres cas il faudra la signature des deux tiers au moins des administrateurs.

La délibération qui sera prise à ce sujet, sera déposée dans lesdits jours, par acte, en suite des Statuts.

18. Dans la huitaine de la date de la délibération qui aura fixé les attributions des administrateurs, chacun d'eux présentera au conseil un plan d'organisation et de réglement pour la partie dont il aura été chargé. Ces projets seront examinés, discutés et définitivement arrêtés par le conseil-général, et ensuite portés sur un registre particulier qui sera déposé aux archives, et dont extrait en bonne forme sera, à la diligence du Directeur-général, transmis à chacun pour la partie dont il sera chargé.

19. Tous les jours fixés par le réglement d'administration depuis deux heures jusqu'à quatre, cinq administrateurs au moins se réuniront en conseil d'administration pour délibérer sur les rapports qui seront faits par chacun d'eux dans sa partie.

20. Un registre de délibérations sera ouvert; toutes celles qui auront été prises seront transcrites par le secrétaire-général de l'administration, qui pourra être appelé au conseil et y tenir la

plume; elles seront signées par tous les membres présens.

21. Le conseil d'administration ne peut jamais prendre de délibérations qui seraient contraires ou en opposition aux présens statuts.

22. Le conseil nomme le caissier-général de l'entreprise, détermine le cautionnement qu'il doit fournir, et fixe ses attributions, ses obligations et ses appointemens.

23. Les frais d'administration, le traitement des administrateurs, du directeur, et de tous les employés et garçons de bureau, les loyers, chauffages et autres dépenses relatives à l'administration et gestion de l'entreprise, sont irrévocablement abonnés à la somme de deux cent cinquante mille francs par an.

Ceux de perception sont acquittés par une remise de deux pour cent sur les revenus recouvrés de l'entreprise.

24. Le fonds capital des commanditaires est représenté par des actions au porteur.

25. Les actions porteront la signature sociale, celle du président du conseil-général, celle du Directeur-général et celle du caissier-général; elles seront empreintes du sceau de l'administration et numérotées depuis un jusqu'à six

mille six cents, ayant chacune un talon qui demeurera annexé à un registre; ce talon représentera le numéro et le jour de l'émission.

26. Les cinq coupons qui divisent l'action, porteront leur numéro particulier et celui de l'action à laquelle ils appartiennent.

27. Attendu que les trois millions montant de la portion du fonds social des associés en nom collectif, représentent six cents portions d'intérêt dans le fonds social, et donnent droit pour chaque portion d'intérêt au même dividende qui appartiendra à chaque action commanditaire, le susdit dividende sera, pour chacune des sept mille deux cents portions d'intérêt, de la sept millième et deux centième partie du produit net au bénéfice de l'entreprise.

28. Mais avant de fixer le dividende il sera prélevé, pour servir à l'amortissement des actions et portions d'intérêt, cinq pour cent du revenu net, tant que le dividende produira moins de dix pour cent; le prélèvement sera porté à six pour cent lorsque le dividende sera de onze, et ainsi de suite en augmentant d'un pour cent par un pour cent de dividende.

Les amortissemens qui s'opéreront par le rachat des actions, accroîtront d'autant les dividendes des actions et portions d'intérêt restantes, dont les titres seront à l'instant annulés.

30. Jusqu'à ce qu'il ressorte des comptes qui seront annuellement rendus, des bénéfices qui, par la nature de l'entreprise, doivent recevoir une augmentation progressive, les actionnaires recevront un dividende provisoire de cinq pour cent, qui courra du jour du versement de chaque somme, et sera payé ainsi que les dividendes définitifs par moitié, tous les six mois.

31. A chaque payement de dividende, il sera apposé au dos de l'action un timbre qui énoncera l'année ainsi que le premier ou le second semestre.

32. Le versement du prix des actions, sera fait par vingtième de trois mois en trois mois, à la Banque de France.

Le premier vingtième sera versé dans la huitaine de la promulgation de la loi qui aura sanctionné la concession demandée.

33. Les récépissés des versemens faits par les actionnaires à la Banque de France, au compte de la société, devront dans les trois jours être échangés contre les récépissés du caissier-général de l'administration, visés par l'administrateur chargé de la partie de la comptabilité ; ces derniers récépissés seront ensuite échangés lors de

l'acquittement du solde contre les actions ou coupons d'actions qui formeront le titre définitif des actionnaires.

34. les actionnaires qui, aux époques déterminées par les présens statuts, n'auraient pas fait les versemens auxquels ils se sont soumis, seront invités, par lettre missive chargée à la la poste, à y satisfaire dans quinze jours, faute de quoi les actions ou coupons d'actions seront vendus à leur risque et péril, et à leurs frais, par le ministère d'un agent de change.

35. Le capital des actions, lors de chaque versement, sera converti en rentes sur l'État ou en toutes autres valeurs de première solidité, et ces valeurs ne seront réalisées qu'au fur et à mesure, et dans les proportions des besoins de l'entreprise; l'accroissement que produira l'intérêt de ces valeurs entrera dans la masse générale des produits et bénéfices, et profitera à tous les intéressés de l'entreprise, au prorata de l'intérêt et des droits garantis à chacun.

36. Les commanditaires ne sont responsables que jusqu'à la concurrence des sommes par eux versées.

37. Il y a auprès de l'administration un

conseil contentieux composé d'un avocat, un notaire, un avoué et deux ingénieurs.

Les membres de ce conseil sont :

Monsieur le chevalier Berrier père, avocat.

Monsieur Lebrun, notaire.

Monsieur Fourré, avoué.

Monsieur le chevalier Drappier, inspecteur-général des ponts-et-chaussées.

Monsieur Viallet, ingénieur en chef.

38. Il sera tenu des écritures suivant les réglemens et usages du commerce; afin de constater la situation de la société, il sera fait tous les ans, à l'époque du 31 décembre, un inventaire général de l'actif et du passif. Cet inventaire sera fait sur papier timbré et transcrit sur un registre à ce destiné, suivant qu'il est prescrit par le code de commerce.

39. Dans la première quinzaine de janvier de chaque année, à partir de 1824 inclusivement, il y aura une assemblée générale, composée de tous les membres de l'administration et des vingt plus forts actionnaires étrangers à l'administration.

40. A l'effet de connaître les vingt plus forts

actionnaires, il sera, le premier août de chaque année, à partir du premier août 1823, ouvert au secrétariat de l'administration, un registre où tous les propriétaires d'actions qui désireront faire partie de l'assemblée générale, devront, par ordre de numéros, inscrire leurs noms, leurs adresses, et les numéros des actions dont ils déclareront être propriétaires, et qu'ils représenteront ; ce registre sera irrévocablement clos le premier novembre, et les vingt plus forts actionnaires inscrits sur ledit registre composeront l'assemblée générale, dans le cas où plusieurs actionnaires inscrits auraient un égal nombre d'actions, la préférence sera acquise au premier inscrit.

41. Les jour, lieu et heure fixés par l'administration, pour la tenue de l'assemblée générale, seront indiqués par une lettre de convocation envoyée à domicile aux vingt plus forts actionnaires, et aussi par un avis inséré dans le Journal des Affiches et Annonces, le tout au moins dix jours à l'avance.

42 Si l'un des actionnaires ayant droit d'assister à l'assemblée générale, ne pouvait s'y rendre, il pourra s'y faire représenter par son fils, gendre, frère ou beau-frère, âgé de vingt-cinq ans, et muni d'un pouvoir spécial et authentique.

43. Il sera rendu compte à l'assemblée générale, par les membres composant l'administration, de la situation de la société, d'après le bilan ou inventaire général qui aura été dressé et arrêté par l'administration le précédent.

44. Ce compte devra présenter d'une part, la partie du devis arrêté par M. l'Ingénieur en chef, relative aux travaux qui auront été confectionnés en tout ou en partie ; et de l'autre, l'état des dépenses qui auront été faites pour les mêmes travaux ; les pièces justificatives de la dépense seront déposées sur le bureau, afin qu'elles puissent être communiquées séance tenante, à toute réquisition.

Tout membre de l'assemblée générale pourra, dans ladite assemblée, faire toutes les observations qu'il jugera convenables, et si l'assemblée le requiert, il en sera fait mention dans le procès-verbal, ainsi que des réponses et explications qui y auront été données.

45. L'assemblée générale entend la reddition des comptes, nomme, si le cas y échoit, un délégué pour en poursuivre le redressement, arrête et fixe les dividendes à distribuer ; les décisions sont prises à la majorité simple des voix.

5

Les voix sont comptées par tête et non par actions. Si l'actionnaire agit tant en son nom que comme représentant un autre actionnaire, il n'est compté que pour une voix.

Les voix des membres de l'administration sont comptées, excepté dans le seul cas où il y aurait lieu à un redressement de compte, alors, et dans ce cas les actionnaires présens, autres que les membres de l'administration, nomment à la simple majorité, et au bulletin secret, un délégué dans leur sein, lequel, par le seul fait de sa nomination, est investi de tous les pouvoirs pour examiner et débattre le compte présenté, et poursuivre par tous les moyens de droit le redressement des comptes sur le point qui sera toujours précisé, et pour lequel la nomination aura été faite.

46. L'assemblée générale est présidée par M. le baron de Tardif; à son défaut, par le membre de l'administration le plus âgé.

47. Le Directeur-général remplit les fonctions de secrétaire.

Le procès-verbal de l'assemblée générale est rédigé sur un registre à ce destiné, et signé par le président, le secrétaire, et par tous les membres présens qui voudront signer.

48. Lorsqu'il n'y aura point de réclamations sur les comptes, ou qu'il y aura été satisfait de suite, les deux plus forts actionnaires présens signeront l'arrêté de compte ainsi conçu : *vu et approuvé en séance, etc.*; dans le cas où des commissaires auraient été délégués, le vu et approuvé sera signé au moins par deux d'entre eux, après l'examen des articles désignés.

49. Si lesdits commissaires croyaient convenable de faire un rapport à l'assemblée, elle serait convoquée de nouveau dans la huitaine du jour de la présentation du compte; alors, pour abréger les retards et ne point détourner trop long-temps les associés gérans de leurs fonctions journalières, il sera définitivement statué sur les points en discussion, à la pluralité des voix, au besoin, et seulement pour débarrer; le vote de l'actionnaire le plus âgé comptera pour deux.

50. Le montant des valeurs déposées à la banque, et dont la réalisation aura lieu au fur et à mesure, et dans la proportion des besoins de l'entreprise, sera versé dans la caisse de ladite entreprise, pour faire face aux besoins, en vertu d'une délibération du conseil-général qui les déterminera.

51. La caisse sociale sera fermée à trois clefs,

dont une restera dans les mains du président, la seconde sera remise à l'administrateur chargé de la comptabilité, et la troisième sera confiée au caissier-général.

52. En cas de mort de l'un des associés gérans pendant la durée de la Société, les héritiers ou ayant cause ne pourront, dans aucun cas, même celui de la minorité, requérir aucune apposition de scellés, inventaire judiciaire, ni aucune autre formalité, et ils seront tenus de s'en rapporter au dernier inventaire.

Si le défunt a désigné son successeur d'avance, et que l'administration, après lui avoir reconnu les qualités requises, l'ait agréé, ce successeur entrera immédiatement en exercice des fonctions du défunt.

Dans le cas contraire, il sera de suite pourvu au remplacement du défunt par les associés gérans.

53. En cas de contestations entre les actionnaires et les associés gérans, ces contestations seront jugées par des arbitres nommés à l'amiable ou d'office par le tribunal de commerce, conformément à l'article 51 du code de commerce, sans observation des formalités et délais judiciaires, et sans appel ni recours en cassation.

54. Extrait des présens statuts sera déposé au tribunal de commerce, et transcrit et affiché conformément aux articles 42 et 43 du code de commerce, dans la quinzaine de la promulgation de la loi qui aura sanctionné la concession demandée, après avoir été préalablement érigés en acte authentique.

TARDIF et Compᵉ.

MODÈLE

DE SOUSCRIPTION.

Je soussigné,   domicilié
à   ayant pris connaissance du Prospectus et des conditions des Statuts de MM. TARDIF et COMPAGNIE, pour l'entreprise du canal de Dieppe à la rivière d'Oise, promets et m'engage de prendre un intérêt de
actions de cinq mille francs chacune (ou coupons de mille francs), à verser dans la forme ét aux époques déterminées par lesdits statuts.

La présente souscription n'est valable que dans le cas où MM. TARDIF et COMPAGNIE, ayant obtenu la concession qu'ils ont demandée, ladite concession aura la sanction et les approbations nécessaires pour la rendre définitive et irrévocable.

A le 1 etc.